LA MYTHOLOGIE BASQUE

LE MONDE DU MERVEILLEUX

Le texte de Michel Duvert a été publié une première fois en 2019 dans l'ouvrage « La mythologie basque » (ISBN 9788490279878) édité par ELKAR dans la collection *A la découverte*.

Photo de la couverture : Joaquin - stock.adobe.com
Photo de couverture arrière : Marc Andreu - stock.adobe.com

Conception de collection : Amel Mendizabal
Maquette : Sua Edizioak
Imprimeur : Leitzaran Grafikak, S.L., Martin Ugalde Kultur Parkea. Andoain (Gipuzkoa)
Photographies : Adobe Stock. ALCE p. 109; AVT p. 93; Basajauntxo p. 76; bonilla1879 p. 41 (ci-dessous); Christine Cuchem p. 74 (ci-dessus); Christof Muller p. 56; David Hughes p. 118; DRGfoto (ci-dessus) p.19; fabio lamanna p. 47; Francisco Javier Gil p. 95; Fulcanelli p.46 (ci-dessous); inakibo p. 22-23, 32; losonski p. 60; Joaquin p. 71; jon_chica p. 104; Jorge Argazkiak p. 34; Kanusommer p. 52, kekese p.70; Kyslyns p. 61 (petit); Laiotz p. 39; lichtreflexe p. 49; livcool p. 42; lugarteva p. 36; Lukas Gojda p. 44; Marc Andreu p. 33; Martin Zalba Ibaez p. 55; mimadeo p. 17, 26, 40, 45, 49 (petit), 50, 52-53, 61, 83, 84; noradoa p. 58; p. 96; Oleksandr Kotento p. 73; Olha Rohulya p.86; Petar Paunchev p. 64 (ci-dessus), 108; pisotckii p. 37; Pixaterra 31; Poliki p. 10, 34-35, 38, 106; Ramona Georgescu P. 89; Rudmer Zwerver p. 80; sergeypankin, p. 25; swa182 p. 77; Tatiana p. 74 (ci-dessus); Tono Balaguer p. 75, 81; txakel p.43; Laura Pashkevich p.48 (petit); xalanx p. 59; Xevi Vilaregut p. 48;

@joseteo2: p. 5; Aka p.81 (petit); A.Areitio: p. 6, 11, 14, 16, 18, 20, 21, 23 (ci-dessous), 27, 28, 29, 30, 51, 68, 72, 74 (ci-dessus), 79, 85, 88, 97, 107; Alberto Muro/Sua p. 46 (ci-dessus), 57, 62, 64 (ci-dessous), 65, 66, 67, 69, 78, 90, 91, 94, ;98, 99, 101, 102, 103, 104, 111, 112, 113, 114, 115, 116, 117, 119; Iban Arantzabal (ci-dessous) p. 19; Imanol Bueno Bernaola p. 8; Imran Shah, p. 15; Makeip, p. 12; sodapix p. 87.

Elkar argitaletxea
9 Rue des Gouverneurs,
64100 Bayonne
baiona@elkar.eus
www.elkarargitaletxea.eus

I.S.B.N. : 978-84-1360-371-1
Dépôt légal : D 874-2023

Octobre 2023

LA MYTHOLOGIE BASQUE

LE MONDE DU MERVEILLEUX

MICHEL DUVERT

elkar

MICHEL DUVERT

Docteur ès-sciences en biologie animale, il a été enseignant-chercheur à l'Université Victor Ségualen-Bordeaux 2. Très tôt, il fut initié à l'anthropologie basque par l'historien E. Goyheneche et l'anthropologue J-M de Barandiaran. Ses thèmes de prédilection sont l'habitat, au sens large du terme, ainsi que les pratiques funéraires et la symbolique basques. Il a toujours conduit ses recherches de terrain au sein de l'association Lauburu (Bayonne) et des groupes Etniker (Bilbao). Il est l'auteur de plusieurs ouvrages.

« ...avec les choses les plus évidentes
par nature, nous sommes dans une
difficulté comparable à celle des oiseaux
de nuit qui tentent de voir le soleil ».
(N. De Cusse)

Sommaire des légendes

- Harpeko saindua à Bidarray autour du personnage de Mari | 23
- La maison d'Iturrioz à Mutiloa autour de Mari | 25
- Le pasteur d'Aralar et d'Anbotoko anderea | 26
- Légende de Murelaga recueillie par Azkue sur Kukubel | 38
- Versions recueillies à Sare par Barandiaran sur l'herensuge | 66
- Légendes recueillies dans les montagnes du Gipuzkoa à propos des jentil | 82
- Le berger de St-Michel et du Basajaun | 85
- Récit recueilli à Garazi à propos du Basajaun | 86
- Récit recueilli à Muskia à propos de Martin Txiki et Basajaun | 88

LE **MONDE** DU **MERVEILLEUX** ET LA **RÉALITÉ**

Le mythe est un récit mis en forme par l'imaginaire, lequel se projette sur le cadre de vie. Il rassemble et identifie le groupe qui le partage. Associé ou non au comportement (au rite), lors de son parcours il mute, il peut dériver en légende ou en conte ; il s'émiette. Le récit étant (ré)création, fragile, il vit dans et de l'échange, dans le moment, dans la rencontre ; le mythe est fluctuant. Il prend forme au sein des archétypes qui ne sont pas étrangers au conteur et aux siens ; il véhicule une dynamique transhistorique. Ce qu'il rapporte est moulé par des processus psychiques fondamentaux et partagés ; Jung nous dit qu'ils sont d'un inconscient collectif, du souffle vital qui nous porte. En revanche le conte vise le monde du merveilleux, des ailleurs indéterminés : *asko baziren, asko bezala baziren, behin bazen...* là, nous triomphons au travers du héros et *hala ez bada, hala gerta dadila*.

Le mythe met en scène « de la réalité » qui est d'une nature autre que celle visitée par l'utile comme par la science. Elle s'inscrit hors des montres et des calendriers : « Nous appelons "réalité" ce que nous rencontrons dans la pratique, ce qui nous résiste ou nous sert de matière dans nos rapports avec les choses, les êtres vivants ou les hommes. Nous apprenons à connaître la réalité dans la vie quotidienne, puis dans le maniement des outils, dans les dispositifs techniques, enfin dans nos relations disciplinées avec les autres, dans les méthodes d'organisation et de gestion » (Jaspers). Réalité et réalités, le mythe nous enrichit par ce qu'il nous signale.

« Izena duenak izana du »
« Celui qui a un nom, a aussi un être. Il existe »

PROVERBE BASQUE

PEUT-IL Y AVOIR UNE

MYTHOLOGIE BASQUE ?

Un imaginaire ancien

En 1940, Joxemiel Barandiaran, anthropologue, ethnologue et archéologue, se proposait « de rechercher les traces de l'homme primitif et de sa culture dans les régions pyrénéennes, car elles constituent une part importante de l'étude anthropologique basque ».

Une quarantaine d'années plus tard, Ravier mit en parallèle ses propres recherches avec celles de ses prédécesseurs dans l'aire pyrénéenne. Il dressa des tableaux de correspondances entre tous ces récits, y compris ceux recueillis par Azkue et Barandiaran. Les coïncidences sautent aux yeux. Véritables fondateurs dans notre civilisation pyrénéenne, ces récits furent conservés en dépit des érosions, notamment linguistiques (en gascon et en euskara). Il note « dans la zone euskaro-aquitano-pyrénéenne l'existence et le retour insistant d'un certain nombre de thèmes caractéristiques et fondamentaux [qu'il énumère] ». Il ajoute : « une telle identité n'est-elle pas une preuve nouvelle et éclatante de ce que l'on savait déjà grâce à d'autres disciplines, linguistiques et histoire notamment, à savoir que les contrées pyrénéennes et sub-pyrénéennes, disons de l'Atlantique au bassin supérieur de la Garonne, appartiennent à la même aire culturelle [il pointe] la continuité aquitano-basco-gasconne sur le double plan de l'espace et du temps ». Marliave le constate à son tour : « depuis la Catalogne jusqu'à l'Euskadi [les Pyrénées] sont indivisibles et cette mythologie nous offre de constantes similitudes prouvant l'unite de la civilisation montagnarde ».

Un imaginaire ancien a-t-il pu parvenir jusqu'à nous ?

Écartant tout commentaire, je donne trois citations centrées sur la pensée de Barandiaran. Anastasio Arrinda, écrivain et chercheur dit : « Nous avons des raisons de supposer que le peuple chasseur qui habitait les Pyrénées occidentales et les zones voisines (la région de la culture franco-cantabrique) au paléolithique supérieur, était de souche basque. C'est pour cela

Le mythe est fluctuant. Il donne forme aux peurs et aux angoisses.

Les mythes nous rendent la terre habitable en investissant les lieux pour nous les rendre familiers.

que ses manifestations religieuses – ou que l'on soupçonne comme étant telles – découvertes dans les sites et les cavernes qui servirent d'abri à l'homme, doivent être considérées comme faisant partie de l'histoire primitive des Basques ».

Barandiaran dit : « Nombreux sont les familles ou les groupes qui se sont succédé ici [dans les grottes] Ils y laissèrent leurs traces. Les murs, les plafonds de l'antre, qui tant de fois les évoquent, furent souvent décorés de sculptures, de gravures, de peintures. Les hommes y représentèrent les apparences des êtres dans lesquels ils croyaient. Autant d'incarnations de génies protecteurs. Les générations passèrent continuellement devant ces figures, comme en pèlerinage, et ce

Parfois les créatures s'incarnent dans les légendes, ou s'évadent dans le merveilleux.

pendant des siècles et des millénaires. Elles y abandonnèrent les restes matériels d'une multitude d'objets utilisés dans le quotidien, objets qui sont à la fois témoignages et productions de la culture la plus simple. En plus, certaines cavernes font l'objet de croyances, de légendes et parfois de pratiques. Leur origine se perd dans la nuit des temps. Tout ceci nous amène à penser que les cavernes, intégrées

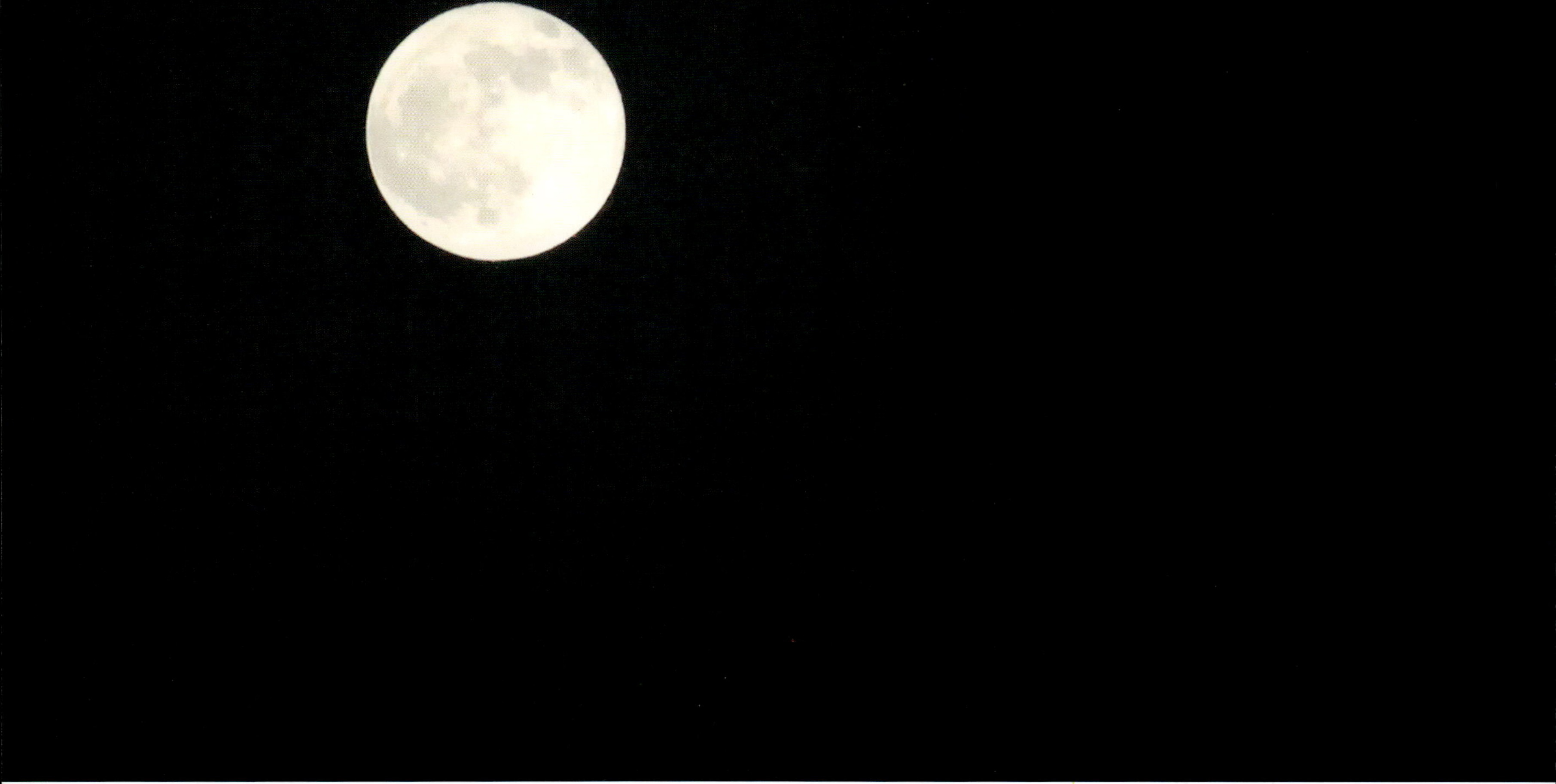

Hilargia est la fille d'Amalurra.

dans la nature même de notre sol, sont pénétrées et enrobées dans une atmosphère proprement humaine ou anthroposphère ». Revenant sur ce thème, il écrit : « l'homme agissait comme si, à l'égal des mythes basques traditionnels, il croyait en l'existence de nombreuses figures animales habitant les cavernes et pour cela il leur adressait un culte dans des chambres souterraines, éloignées du monde extérieur ». À propos de cette vénération, il dit : « Hormis ceux qui étaient initiés à ces secrets, les autres en savaient quelque chose sous forme mystérieuse et non exempte de mauvais rêve, de terreur, de croyance ».

Après avoir souligné l'apport des cultures indo-européennes il évoque le panthéon aquitain-romain qui vient

Le hibou est le familier de Gaueko, le génie de la nuit.

Tout être vivant peut être magique.

habiter ce vieux monde animiste, obsédé par la nuit des entrailles de la terre, un monde hiérarchisé, dominé par la Dame : « [il ressort] des croyances et rites nous venant de cette époque [préhistorique], que nous nous faisions une représentation du monde et de l'homme, dominée par une sorte d'animisme ; c'est ainsi que l'on considérait comme étant animés les êtres et les phénomènes naturels, on leur assignait les attributs de la divinité, on leur rendait un culte qui fut (souvent) christianisé par le signe, le symbole, le rite.

Ceci correspondait sans doute, non seulement à la tendance générale consistant à substituer aux réalités les signes et symboles qui, à l'origine, les représentaient, mais qui correspondait aussi à d'anciennes représentations, à des mythes indigènes de vieille tradition ainsi qu'à des circonstances historiques diverses, parmi lesquels il faut souligner les contacts entretenus durant des millénaires entre notre peuple et divers groupes périphériques indo-européens. Parlant de mythes, je fais allusion avant tout aux récits populaires qui ont fait en sorte qu'arrivent jusqu'à nous le souvenir de génies ou de divinités des régions souterraines, lesquelles mettent en branle les nuages qui charrient les tempêtes, etc. C'est au sein de ce monde d'animisme et de magie, que le Christianisme est apparu, porteur d'une autre vision de l'homme comme du monde ».

L'écrivan Bernardo Estornés Lasa s'interroge à son tour : « si, au cœur de la magie de la chasse, ses acteurs les ignoraient en général [il évoque les cultes et images souterraines], sinon de façon fantastique, qu'en sera-t-il des générations futures une fois la pratique laissée et abandonnés les antres pleins de mystère ? Les récits impressionnants qu'en donnent les gens [les récits qui furent recueillis], rapportant les faits mystérieux du passé, durent éveiller un intérêt que leur retransmission, d'une génération à l'autre, assura jusqu'à nos jours et ce en vertu de la force qui est celle de cette ardeur primitive. C'est ainsi que se transmit un système de croyances et de rites »

Ce qui se passe dans le cosmos et notamment dans le ciel des nuages, ne semble pas avoir inquiété nos anciens. Les forces qui prennent forme dans leurs récits sont des entrailles de la terre.

Mystérieuses ténèbres, elles suscitent des récits, mais peuvent être aussi des chants, de la musique, de la danse. Nous sauvons de l'oubli ce que nous pouvons. Le reste s'efface…

Mari est pyrénéene.

_a couleur rouge est associée à la Dame.

La Dame ou Mari

C'est l'entité clef. Pure puissance, elle est empêtrée dans une foule d'aspects. Un vaste bestiaire lui est associé, de même la couleur rouge. Les événements atmosphériques et leurs répercussions lui sont également associés. Un environnement familial lui est adjoint. On prête à la Dame des sortes d'époux, des enfants dont deux dominent le bien ou le mal.

La montagne d'Anie est considérée la demeure de Yona Gorri.

La Dame est pyrénéenne. Hyppolite Taine, philosophe et historien, l'évoque dans son *Voyage aux eaux des Pyrénées* : « *Les habitants de Lescun, qui voient les orages et la foudre se former sur la montagne d'Anie, la regardent comme le séjour de leur Yona Gorri, mot à mot, l'être habillé couleur de feu. Ils voient d'un œil inquiet tout étranger qui va sur cette montagne, parce que Yona-Gorri s'irrite de ces visites indiscrètes, et se venge en lançant des orages sur les plaines* ». Mari est le génie des montagnes.

Résumons les traits de la Dame Mari, avec le livre majeur d' Anastasio Arrinda. Après avoir insisté sur la correspondance entre le monde des cavernes et celui des génies zoomorphes dominés par ces Dames, dont

Mari, Arrinda écrit : « *À l'intérieur de la grotte elle adopte une figure animale : de taureau rouge (le bovin pyrénéen autochtone est rouge), de vache rouge... de bouc, de veau, de brebis, cochon, cheval, couleuvre, dragon... Elle est zoomorphe et se montre comme femme mais avec des pieds de chèvre. On ne manquera pas de noter que le personnage le plus important de la mythologie basque est une femme. Dans la société basque la femme est toujours en première ligne en compagnie de l'homme.*

Hors de sa grotte, Mari adopte la figure d'arbre, de rafale de vent, de nuage blanc, de lune... et surtout de feu : c'est le génie qui insuffle les éléments de la Nature ou qui a au moins le pouvoir de se transformer en eux.

Mari est mariée avec un chrétien, un mortel, mais elle continue à être païenne... elle a deux fils : l'un bon, l'autre mauvais, comme si elle était à l'origine du bien et du mal. Elle est parfois bénévole, récompensant celui ou celle qui a foi en elle ; en d'autres occasions elle est malveillante, châtiant par des sécheresses et des bourrasques... Elle est maîtresse des phénomènes météorologiques et par la suite des récoltes : elle ordonne la mise en œuvre des bourrasques, la grêle, le tonnerre et l'éclair...

Elle condamne le mensonge, le vol, l'orgueil et la vantardise, le non accomplissement de la parole donnée, les fautes de respect envers les personnes âgées, et les fautes dues au non accomplissement des devoirs entre voisins... Elle est l'objet d'un culte : on la consulte pour ses prédictions, elle prête assistance et on lui offre des dons annuels. Des processions sont dirigées vers sa grotte ou bien on lui offre des messes. De même on lui offre des dents en invoquant "Mari celle du toit", ou bien on les met à la cheminée, en la considérant comme animant le feu... Enfin, elle va jusqu'à avoir son sanctuaire dans la grotte de Arpeko saindua ainsi qu'une effigie qui est une stalactite... ».

Hors de sa grotte, Mari adopte la figure d'arbre...

La grotte de Arpeko saindua est l'objet de plusieurs récits étudiés par Barandiaran, Mari y occupe une place centrale.

« On racontait que dans la grotte appelée Arpeko Saindua à Bidarray, il y avait toutes sortes de monstres et que personne ne devait trop s'y approcher. Un jour, dit-on, une jeune fille s'en approcha et quelque chose l'attira à l'intérieur. Par la suite cette jeune fille s'avança jusqu'au porche de la grotte, avant le lever du soleil et les gens la voyaient alors se peigner les cheveux avec un peigne en or. Un curé et bien d'autres gens de son espèce, s'approchèrent pour tenter de la libérer. Mais en vain. Une autre fois, trois hommes s'y rendirent, espérant libérer de force la jeune fille. Mais ils ne parvinrent jamais à la voir »

Le chercheur José María Satrustegui souligne l'environnement féminin dans lequel elle se meut. Il la voit fière et arrogante, veillant sur son domaine et ne supportant pas d'intrus. On se doit de la tutoyer, on doit se tenir toujours face à elle (comme pour les revenants), on ne doit pas s'asseoir en sa présence... Il souligne son autorité, tant dans le monde souterrain que sur terre et notamment dans le ciel des nuages (espaçant parfois de sept ans ses sorties). Il « fait de la figure de Mari la représentation mythique des forces de la Nature ». Il montre bien comment on l'a impliquée dans un combat contre le christianisme, comment on l'a faite diable et sorcière (ou un milieu qu'elle fréquente) : « un prêtre alla conjurer la Dame d'Anboto [un massif montagneux en Biscaye]

À l'intérieur de la grotte elle adopte une figure animale : de taureau rouge.

On dit que quand Mari est à Anboto il pleut.

à Supelegor [une grotte]. Sa soutane prit feu d'une façon étrange, incompréhensible. Il mourut de frayeur peu de temps après ».

Voici une pincée d'autres témoignages.

« *Dans la maison Iturriotz de Mutilo il y avait un ménage avec sa fille. Cette dernière était très désobéissante. Elle avait une belle chevelure, elle passait de longues heures à la peigner. Un jour sa mère lui demanda d'aller chercher de l'eau à la fontaine. C'est ainsi que se déclencha une terrible bourrasque car elle ne voulut pas obéir à l'ordre donné. Alors sa mère lui dit : "que t'emportent mille éclairs". La jeune fille fut enlevée à l'instant. À cette époque un pasteur qui gardait son troupeau près de la caverne d'Aketegi vit y pénétrer, avec grand fracas, un mystérieux fantôme de forme humaine dont le corps lançait du feu. On croit que c'était la malheureuse jeune fille qui, depuis lors, habite dans cette ténébreuse grotte. Ses courses sont fameuses ; on l'y voit sous forme d'une faux enflammée jusqu'aux sierras de Aralar et d'Anboto* ».

Mari est l'eau, l'air, la terre et le feu.

Une autre version : « *Une fois la Dame d'Anboto déroba une brebis à un pasteur d'Aralar. Celui-ci dit à la Dame qu'il voulait savoir où était son animal. "Dans ma cuisine" lui répondit-elle. "Vous me le donnerez" lui dit-il. "Si tu viens, oui !" Le pasteur demanda conseil à un moine et celui-ci lui répondit que dans le gouffre de la Dame il devra entrer en regardant devant lui et sortir en reculant. Il y alla donc et vit que la Dame tenait la tête de la brebis. Il la saisit par les cornes et la sortit en marchant à reculons. Alors la Dame lui dit : "Heureusement que tu es sorti comme tu es entré ; si ça n'avait pas été ainsi tu aurais dû demeurer ici"* ».

« *D'une Sainte Croix à l'autre (en mai et septembre) on faisait quotidiennement des conjurations, de même le reste de l'année si le temps semblait menaçant. À Murumendi les gens se portaient à l'entrée de la résidence de la Dame, la grotte, ils la conjuraient. S'ils la surprenaient à l'intérieur, elle était empêchée de déchaîner bourrasques ou tempêtes* ». Une variante dit qu'elle passe sept ans dans les hauteurs du Txindoki et sept autres au Murumendi. Dans ce dernier le gouffre où elle habite a pour nom Sima del diablo. Les gens disent que cette Mari se déplace en émettant du feu.

Les mythes sont de circonstance : Ils façonnent les liens...

...que nous engageons
avec autrui comme
avec le monde.

Lamiñak

Les *lamiña* sont souvent confondus avec Mari dans leurs attributs terrestres.

Les *lamiña* sont des génies de forme humaine, des deux sexes, mais de petite taille ; leur patte palmée les trahit.

Lamiña est le nom donné à un être protéiforme, qui remplit le sac d'histoires des conteurs. Ainsi : 1) si certains *lamiña* sont de séduisantes demoiselles, d'autres ont des aspects de vieillards, laids, velus et barbus ; 2) on confond *lamiña* et lutins de type *Intxixu* (qui vivent également dans les grottes) et autres Mikolas... ; 3) on en fait des sirènes, des nymphes des sources, rarement des harpies ; et un très large etc.

Les *lamiña* qui ont des aspects de sirène, semblent connues des navigateurs. À Bermeo, Erkoreka l'illustre par la grande sculpture de la *Lamiña Xixili*, placée à l'entrée du port.

Les *lamiña* vivent en général dans des grottes et ravins, en montagne. Ils y sont en compagnie de tout un bestiaire, le même est associé à Mari. On peut penser que sous le nom de *lamiña* se cachent des captives de la Dame. Dans le quartier Basaburu de Sare « au début du XXe siècle, on a entendu un bruit terrible. C'était de nuit, du côté du Lamuxain [*lamin-onsin* = étendue d'eau de *lamiña*]. Le lende-

main les gens sont allés voir, ils virent une jolie grotte dont l'entrée avait été obstruée dans le temps. Les eaux l'avaient ouverte cette nuit-là ».

On note parfois une forte association entre *lamiña* et ruisseau. Barandiaran dit que « *dans certaines légendes des génies étaient connus sous le nom de lamia, lamiña ou lamiñaku. Ils font l'objet de croyances populaires, certaines étant reliées au cycle mythologique des anciennes nymphes* ».

Ces êtres sont parfois familiers au point d'entrer chez nous par la cheminée. Ils y acceptent ou réclament des offrandes, exécutant en échange des travaux domestiques…

Ils ont une activité essentiellement nocturne et fuient le soleil dont les rayons les persécutent (ils sont nettement opposés à la dominance d'*Egu*). En les associant à la construction de ponts (toujours de nuit), ils peuvent devenir des sortes de lutins répondant au nom de Guillem.

Ils ont des noms différents :
lamia, lamiña ou lamiñaku.

Ils ont une activité essentiellement nocturne et fuient le soleil dont les rayons les persécutent (ils sont nettement opposés à la dominance d'*Egu*). En les associant à la construction de ponts (toujours de nuit), ils peuvent devenir des sortes de lutins répondant au nom de Guillem.

Le *lamiña* est d'un monde inversé, fortement polarisé. Cet être est souvent obsédé par la blancheur (le lait, les draps qu'ils lessivent souvent…), mais comme le pain blanc, son or devient charbon à la lumière du soleil.

Des *lamiña* vivent comme nous et parmi nous. Des pasteurs tombent amoureux de leurs femmes ; ils ont besoin des nôtres (*emagileak*) pour les aider à accoucher...

Certains thèmes leur semblent propres : la quasi obsession de la blancheur (le lait, le drap). Le thème du lait qui bout et du « blanc par-dessus », serait-il en rapport ? Il balaye la chaîne, du Couserans à Ataun, Dima et Yurre.

Le *lamiñ* a une activité essentiellement nocturne.

« Txuria gora, txuria behera »... Il y a là bien du mystère !

On y voit des segments de récits contenant l'étrange interjection de la *lamiña* muette et captive dans une habitation. Voyant le lait bouillir, elle s'exclama, avant de disparaître : « blanc au-dessus ». On retrouve exactement cette interjection (*xuri gora*) et ce contexte en Couserans, à Ataun, à Dima et à Yurre où Azkue nous précise qu'elle dit « *txuria gora, txuria bera* ». Ce thème est également prêté au Gentil, capturé, lui aussi muet et qui ne dit que cette formule... Il y a là bien du mystère !

Le *lamiña* ne fréquente pas que nos sept provinces. Ravier a conforté le parallèle « *entre les fées landaises, les Hadas de Bigorre et les lamiña d'Euskal-herri* ». Il cite par exemple un récit du Lavedan où le témoin disait mot à mot (et en gascon), ce que le

Basque dit en euskara : « *[les fées ou Hades] paraissent à l'entrée [des grottes à flanc de montagne] et peignent d'une main complaisante, leurs splendides cheveux blonds, ruisselant d'or au soleil* », leur peigne est d'or, etc. Dans le conte *Les hades é lous dus rays*, Arnaudin parle de deux frères passant devant une fontaine où ils virent « *deux petites femmes vêtues de robes brodées d'or* » ; l'une était mariée et coiffait ses enfants avec un peigne d'or. Dans un récit des environs de Mont-de-Marsan, Peyreblansques entend dire qu'une jeune fille allant à la fontaine vit « *une fée*

La magie habite les ruisseaux. Eau, air, feu, terre... La terre est la mère (*Lurrama*).

Ce qui se passe dans le cosmos et dans le ciel des nuages, ne semble pas avoir inquiété nos anciens.
Les forces qui prennent forme dans leurs récits sont des entrailles de la terre.

assise sur le banc des lavandières. Elle peignait ses longs cheveux soyeux avec un peigne d'or qui lançait des éclats à la lune ».

La patte d'oie qui en caractérise certains est un grand classique. Beaucoup de séductrices se font piéger à cause de leur patte d'oie. De Marliave nous dit : « *Tout au long de la chaîne, les pieds d'oie, de canard ou simplement " espalmats " (palmés) forment dans les contes de fées une constante avec quelques variantes. Ainsi dans le Couserans, les Encantados laissaient derrière elles des traces, comme des feuilles de platane ou d'érable et le fait d'y poser le pied dessus ferait mourir un chrétien !* ». Gratacos, qui a enquêté dans la zone du Couserans, ajoute que ce

Il y a des grottes avec des sortes de petits lacs ; enfants, on y jouait souvent. On disait qu'il y avait des *lamiña*.

thème mythique est le mieux connu de toutes les classes d'âge interrogées. L'auteur recense 36 *tutas deras hadas* (des grottes aux petits êtres) et note ceci qui est essentiel : « *là où le mythe coïncide avec la grotte, cette dernière fut habitée à l'époque préhistorique ou protohistorique.* »

J'ai été témoin de ce genre de conviction en Amikuze où une informatrice m'a dit ceci : « *Il y a des grottes dans le coin d'Arberats, avec des sortes de petits lacs ; enfants, on y jouait souvent. On disait qu'il y avait des lamiña* ». Je lui demandai de me les décrire. Elle me dit que « *c'était comme de petits hommes* ». Je lui demandais alors comment ils faisaient pour vivre. Elle me répondit « *qu'ils devaient faire comme les hommes préhistoriques* ».

Kukubel

Le personnage du sorgin est présenté de façon la plus tragique dans un récit recueilli à Murelaga par Azkue : un petit chef-d'œuvre qui fait froid dans le dos car il dit le fond de la « chasse aux sorcières » :

« Kukubel était orpheline. Bergère, c'était une bonne petite qui aimait beaucoup la musique. Elle était très adroite pour faire des instruments en jonc, en chêne vert et en buis. Combien d'oiseaux elle fit chanter joyeusement par ses mélodies, ses notes de xirula [txistu, txilibitu eta txirulak] confectionnées à ces fins ! Alors qu'elle menait ses brebis pacager dans les prairies, chaque fois qu'elle entendait la cloche de quelque église elle n'oubliait pas de réciter un Ave Maria.

Un jour, alors qu'elle finissait sa prière, la Vierge en personne lui apparut et s'adressa affectueusement à elle :

- Jeune fille, que souhaites-tu comme cadeau ?

- J'aimerais avoir une xirula [txilibitu bat] qui fasse danser celui qui l'entendra.

Cet instrument apparut d'un coup dans ses mains. Toute joyeuse, Kukubel

Kukubel joue de la *xirula* et tous se mirent à danser. On écoute la cloche de quelque église…

Bergère joue de la xirula en conduisant ses brebis pacager dans les prairies.

Txistu, txilibitu eta txirulak... Les villageois se mettent à danser. *Kukubel* est sorcière, on doit la pendre !

commença à en jouer. L'entendant, les brebis comme les agneaux, se mirent à danser.

Ce jour-là, comme tant d'autres, le curé vint dans les parages. Chasseur, il se tenait caché dans les buissons, guettant la venue du lièvre. Sans avoir conscience de ce qui arriverait, Kukubel *commença à jouer de sa nouvelle xirula et le curé se mit à danser jusqu'à ce que les épines aiguës du buisson déchirent sa chair et mettent ses vêtements en lambeaux. Qu'est-ce qu'il était furieux lorsque la xirula cessa de se faire entendre ! Le soir venu, il dénonça* Kukubel*, en disant :*

- Elle est sorcière, on doit la pendre –les villageois s'emparèrent d'elle et l'attachèrent. Le lendemain lorsqu'on l'amena au gibet, toute la population la suivit. Alors, Kukubel *leur demanda une faveur : bien qu'ils aillent la faire mourir, elle leur demanda de lui libérer les mains, lesquelles étaient sans force aucune. Quand le curé la vit les mains libres, il dit :*

- Messieurs, à tout hasard, attachez-moi au bras d'un marteau de forge [gabi-ardatz bati].

Alors qu'ils l'attachaient, Kukubel *sortit sa xirula de sa poche et sans s'arrêter la voilà qu'elle se mit à jouer et jouer. En entendant cette douce mélodie, tout le monde se mit à danser. Le curé lui-même, bien qu'attaché, ne cessa de s'agiter et de rire aux éclats.*

Lorsque Kukubel *mit un terme à sa mélodie, aussi claire qu'agréable, ils la laissèrent libres de ses mouvements. »*

DIVINITÉS
DU QUOTIDIEN

Gaua

Pour Barandiaran, ce génie a pu être la nuit personnifiée, comme l'est *Gaueko* dont le temps débute à l'Angélus et s'achève avec le chant du coq annonçant les premiers rayons du soleil. Mais *Gau* n'est pas de l'ordre des ténèbres qui aveuglent, il est de l'ordre de la durée ; il en sera de même pour la mesure des durées. Quant à gaur, c'est à la fois « aujourd'hui » et « cette nuit ». *Gauaro* (*gau-aro*) est une durée qui renvoie à la circularité (*aro*) du temps. C'est le point de départ de l'activité (*gaur goitik*, est désormais, etc.). Il n'y a là rien

Il faut bien vivre et donc mettre de l'ordre dans le quotidien. Pour cela on doit savoir quand et où. Horloges et calendrier s'avèrent indispensables Des divinités seront construites dans ce but.

Certains génies malfaisants se réveillent la nuit.

Satrustegui relève les noms *jentilarri* (dolmen) et *jentilbaratze* (sorte de cromlech).

de surprenant dans le monde celte, la journée débutait aussi avec l'obscurité et César atteste que les Gaulois comptaient par nuits.

L'entité nocturne autorise l'activité de certains génies malfaisants, ou de génies agissant en son nom (des *Gentil*, des *Basa Jaun*, le diable, *Inguma*, *Mamua*…), mais les récits disent qu'elle ne conditionne guère l'activité des grandes figures comme celle de la Dame Mari qui franchit tout calendrier. Le temps de *Gaua* s'oppose à celui de *Egu* qui est le temps de l'activité humaine. Il ne saurait

La maison nous protége : par le rebord de la fenêtre, par le petit bouquet de la Saint-Jean ou par l'eguzkilore dont Barandiaran dit que « selon les croyances populaires, les fleurs de chardon protègent la maison de la foudre ainsi que des sorcières et des mauvais esprits. Cette fleur est considérée comme étant le symbole du soleil ».

le troubler : « *Eguna egunazkoarentzat, gaua gauazkoarentzat* ». *Gaueko* (et les siens) enlève les imprudents qui n'en tiennent pas compte ; qui font comme si le monde était à leur disposition. Gaua épouvante par la trace laissée par la main de feu (attribuée également aux *sorgin*, comme aux revenants, ces *arima erratiak* aux obsédants récits

Les méfaits de *Gaua* ne se comptent pas. L'*etxe* nous protège de ce temps et des diverses entités qui s'y déploient, lesquelles furent, ou sont par nature, malfaisantes. Depuis cet abri on a accès au monde extérieur : 1) par les trous de serrure on peut surveiller ce qu'il se passait dehors, avec le risque d'avoir l'œil crevé ; 2) par la porte qui peut conserver la terrifiante empreinte de feu de la main du génie qui a voulu nous saisir alors que nous courions éperdument nous mettre à l'abri ; 3) par la cheminée qui laisse entendre les appels au secours, par où transitent les anges comme les *lamiñ* et autres dont d'inquiétants Olentzero, etc. ; 4) par le rebord de la fenêtre où l'on posait l'*ezko* ou le *xirio* et autres offrandes pour les morts ; 5) par le linteau avec ses symboles solaires (soleil, coq...) ; 6) par le petit bouquet de la Saint-Jean ou par l'*eguzkilore* dont Barandiaran dit que « *selon les croyances populaires, les fleurs de chardon protègent la maison de la foudre ainsi que des sorcières et des mauvais esprits. Cette fleur est considérée comme étant le symbole du soleil* » ; 7) par l'effigie du Sacré-Cœur, les petites croix, etc..

Le message est clair : la nuit pour les nocturnes.

Le soleil est présent dans le calendaire : *Eguaste, Eguarte, Eguazken, Eguen...*

Egu

Il est lié aux cultes solaires. Nombreux sont ceux que l'ethnologie met en valeur.

Le soleil est une dame, fille de la Dame terre. « *Euzki amandrea joan da bere amarenganat* », la grand-mère soleil rejoint sa mère disait-on lors du coucher du soleil. Retenons d'emblée que le soleil est conçu en fonction de *Egu* et non en lui-même. Il en est l'émanation, comme la lune (*hilargi*) est l'émanation de *Hil*.

Il y eut très tard encore plusieurs sortes de calendriers, celui des agriculteurs s'imposa. Azkue rapporte qu'au haut Moyen Age les Basques furent menacés par les autorités d'Église car ils vénéraient le jeudi appelé eguen ; en fait ils auraient vénéré *Egu*. La semaine officielle actuelle est bricolée avec ses trois jours (*astelehen/arte/azken*) ; elle aurait ainsi cohabité avec d'autres découpages, dont : *Eguaste, Eguarte, Eguazken, Eguen, Egukaitz, Egubakoitz*.

Eguzki amandrea est lié aux cultes solaires.

Les lumières jouent avec les ombres
et avec les mortels insignifiants.

Axular, à qui on prête tant d'exploits, est le support de récits des plus complexes où la lumière solaire est particulièrement présente. Cet homme fut curé de Sare au XVIe siècle et père de la grande littérature classique de langue basque.

Voici un aperçu de quelques récits publiés notamment dans *Gure Herria*. Beaucoup sont articulés sur des modes ternaires (je donne des citations en euskara, afin d'entendre parler les témoins).

Axular avait trois frères qui décidèrent de se faire prêtres et donc d'aller à l'école du diable, dans sa grotte (*hiru anaiek elgar aditurik, egin zuten egun batez, behar zituztela debruaren eskolak hartu*). Le diable s'engagea à les former en un an et un jour, afin d'acquérir le titre de docteur en théologie. Le prix qu'il exigeait étant de garder le dernier qui sortirait de son antre (*urthe eta egun buruan, zuetarik zoin ere atherako baita azken nere zilo-*

La lumière du jour a la force du soleil ; elle se reflète dans les eaux, elle nous trompe.

tik). La sortie de cette école était à la Saint-Jean, autrement dit au solstice, de plus elle se fit à midi, au maximum du soleil. L'un des récits précise même que « le jour de la Saint-Jean, à midi, le soleil se trouvait tout juste en face de la grotte ».

Axular exige de sortir le dernier. Puis on connait deux variantes. Dans l'une, Axular dit au diable de saisir celui qui viendrait derrière lui. Le diable lance alors un crochet, lui arrache le talon et se saisit de son ombre, laquelle ne lui sera restituée qu'à la messe lors de la consécration, moment où il demande à l'enfant de chœur de le tuer. Dans l'autre il sort en sautant et le diable ne peut que saisir l'ombre qui se projette sur les parois de la grotte (il existait un jeu comparable à Saint-Pée : on sautait et on regardait si l'ombre nous suivait ; on disait que pour tuer un sorgin il fallait frapper son ombre).

Dans les deux cas la conclusion est la même : « *Axular gaztearen itzala gelditu zen eskuetan. Eta egundaino geroztik, hura izan da gizona itzalik gabe munduan bizi izan da* ».

Ortz/Ortzi

Ortz est d'un cosmos actif (il n'est pas seulement lumineux) où évolueraient Mari la Dame et ses filles, *Eguzki* et *Hilargi*, le soleil et la lune, les filles de Lurrama la terre-mère. Au XIIe siècle, à ce que dit Aymeric Picaud, on appelait Dieu « *Urcia* ». Les linguistes ont approfondi ce monde et produit toute une littérature spécialisée.

Ortzi c'est le firmament, le ciel bleu, le tonnerre, le brouillard, la foudre... c'est la divinité du ciel.

Hil et Hilargi

Avec la lune, voici encore une femme, comme le sont le soleil et la terre. Et c'est un tabou. On saluait cet astre en lui demandant des nouvelles du ciel : « *Ilargi amandrea, zeruan zer berri ?* », notez qu'on lui dit *amandrea.*

Ilun est obscurité, le sombre (voir *ilhunbe*, etc.). *Hil* est d'un panorama sombre mais qui n'est pas nocturne, qui est incertain et inconsistant.

La lune pourrait être un dieu dont le nom ne peut être prononcé (on dit *hil-argi* = lumière de *Hil*... mais qui est *Hil* ?). Strabon (né vers 58 avant J-C) écrit : « *Les nuits de pleine lune, ils [les peuples du nord de la péninsule Ibérique] adorent un dieu innomé, par de grandes danses aux portes des maisons, où tout le monde prend part [...] ils dansent au son de la flûte et de la trompette ; ils font des pas figurés tantôt en sautant et en s'accroupissant alternativement* ». Dans le panthéon des vieilles divinités pyrénéennes repérées à l'époque romaine, on voit : *Ilun, Iluni, Ilixor, Ilixon, Ilunberrix*, Hercule qui correspond à *ilunno andosse* (Hercule et l'obscur !?), etc.

Le christianisme composa avec ce cosmos. Azkue recueille ceci : « *Hor dago Jesu Kristo Jauna, Erromako zubian [arc-en-ciel] jarririk, urrez urreztaturik, zilarrez zilarreztaturik, argizagia xuriz pintaturik* », *argizagia*...

Hil est la mort en tant qu'état et non en tant qu'agent (la mort « qui vient nous chercher », est Herioa). L'état de mort donne *hilarriak* (*hilen-harriak*), *hilerria* (*hil-herria*).

Grâce à son cycle régulier, l'astre constitue un véritable chronomètre naturel Il envahit le calendrier actuel, y compris en des temps qui semblent incongrus (*igandea* qui serait *igan-handi-da*).

Hil est lié à l'inconsistance, à ce qui est sans tenue, qui est éphémère ; par exemple la poussière, la cendre (*ilhaun*), la bourre, le résidu de tissage, le duvet (*ilblho*). Curieusement, on voit tous ces génies qui se peignent à l'entrée des grottes, la chevelure étant *ilai, ilas(ki)* comme la laine cardée.

LA PEUR VISCERALE

Le cycle de Tartaro

D'où vient ce nom et comment se constitua la famille de cet ogre ? Les opinions divergent, bien évidemment. Quant à l'aire de distribution de ce nom, admettons qu'elle soit conservée et fiable. Comme Basa Jaun cette sorte de géant a reçu des noms locaux. Dans l'Agenais, Bladé signale un ogre du nom de Tartari.

C'est aux alentours du VIIe siècle av J-C que Homère écrivit le célèbre récit du voyage d'Ulysse. Au cours de ce périple, l'équipage accosta sur l'île de Cyclope et tous s'abritèrent dans la caverne où le cyclope Polyphème entra avec ses moutons. Il les vit et en fit rôtir quelques-uns pour les manger. C'est alors qu'Ulysse l'enivra de bon vin, tout en lui disant s'appeler « Personne »... Profitant de son sommeil d'ivrogne, nos gens lui crevèrent son œil à l'aide d'un pieu durci au feu, puis ils sortirent revêtus de peaux de brebis... Le géant aveuglé, hurlant que « Personne » l'avait rendu ainsi, fil-

Tartaro est un cyclope pervers qui habite dans les montagnes.

Alors que la grotte reste secrète dans son obscurité, l'intérêt se porte sur la lumière diurne...

trait les mouvements à l'ouverture de son antre. Il s'aperçut trop tard de la supercherie.

Cette sorte de récit connait plus de 220 variantes. Les Pyrénées le connaissent bien. Au Pays Basque on en a recueilli une bonne dizaine, ainsi que diverses formes allusives. Les versions les plus complètes furent recueillies dans la région de Zegama (Gipuzkoa) où, sur les flancs du mont Sâdàr, un replat porte un dolmen appelé Tartaloetxea (la maison de *Tartaro*). Étant donné la vaste répartition de ces sortes de récits, comme on le voit tout au long des Pyrénées par exemple, rien ne dit qu'ils auraient une seule origine et qu'elle se situe dans le bassin méditerranéen.

Cerquand commente quatre versions souletines et étudie longuement la valeur de ce mythe en évoquant une possible composante solaire fort discutée. Webster évoque la racine basque *Tar* et pointe le fait que *Tartaro* fut confondu avec d'autres géants ou des ogres (mais aussi avec *Basa jauna, Jentila/Gentila* et même *Lamiña*). Il cadre ces mythes en attirant l'attention sur : 1) des variantes où le héros peut être un benêt ; 2) le fait qu'il reçoit un anneau qui parle, etc. Dans les plus complètes et les moins altérées (pense-t-on) de ces versions en terre basque, il est question d'un cyclope qui mesure sa force avec les bergers. On distingue plusieurs séquences : le monstre anthropophage qui capture ses proies ; il est enivré ; le captif lui donne un faux nom ; le stratagème des brebis est identique ; le cyclope s'aperçoit de la duperie ; les malédictions qui s'ensuivent. Ajoutons à cela une particularité : le cyclope met une bague au doigt du berger capturé, laquelle dit sans cesse « *hemen nago, hemen nago* » (je suis ici), comme Atarrabi avait appris à le dire

« Hemen nago, hemen nago ! ».

au crible qu'il donna à son captif. Dès lors s'échappant de la grotte, le cyclope put le poursuivre, mais le berger se coupa le doigt de l'anneau, le jeta dans une mare. Le cyclope trompé, s'y noya. Entre-temps, averti par ses hurlements, les autres cyclopes lui demandèrent qui était la cause de tant de cris et lui de répondre « *c'est Personne !* ».

Herensuge

Herensuge et ses semblables courent de la Grèce ancienne au Japon, traversant tout le Pays Basque. Il est fort probable que ce nom dérive de *Lehen-Suge*, ou premier-serpent. Il pourrait relayer celui d'une divinité connue dans l'Aquitaine romaine, Leheren, retrouvé en Haute Garonne[1] (17 *stèles* avec inscriptions pour le seul Ardiège). Mais ce nom présente bien des variantes. Rien qu'en Labourd on a : *Herensugue, Herainsugue, Lerensuge, Erein suge* et autres ; la composante *suge* est permanente. Voilà qui nous renvoie à des serpentiformes qui tutoient des « couleuvres » familières des pasteurs en montagne (mais pas seulement).

Tous ces êtres peuvent être liés à des noms de lieux. Barandiaran visita ces sortes de nurseries des hauteurs à Sare.

Il court d'étranges traditions sur ce monstre qui fréquentait non seulement les montagnes mais les pêcheurs, et qui avait fort à faire avec les forgerons. Ces bêtes auraient été vues en mer, dit Baroja. Cerquand nous donne des analyses fort érudites. Quant à notre sulfureux poète souletin Chaho, il s'installe au cœur d'histoires pyrénéennes et dit « *qu'un coq pondit un petit œuf, et le cacha dans le fumier ; de cet œuf naquit Herensuge* ». Il est vrai que des récits parlent d'œufs bizarres au moyen desquels ce sont des

---

1. Sacaze, J (1892), *Inscriptions antiques des Pyrénées*. Toulouse Privat 578 p.

Suge c'est un génie diabolique ressemblant à un serpent, il aurait été vu en mer.

femmes qui pourraient le frapper au front et le détruire. Dans un récit publié par Satrustegui, on voit « *une vieille qui était ou non à moitié sorcière, qui dicte à la jeune fille : « porte un petit œuf et frappes-en le dragon cinq fois sur le front.* » L'auteur dit que les anciens faisaient attention à ce genre de petit œuf, « *ils avaient l'habitude de l'amener à un carrefour et de le casser. Ils disaient qu'il n'avait pas de jaune [après bien des précautions] on le recouvrait d'un feu* ». C'est de lui que, selon Chaho, serait né Herensuge. Dans beaucoup de récits Herensuge est unique et meurt, souvent noyé, dans une rivière ou en mer. Dans une version d'Espelette il se précipite dans les « mers rouges » du couchant.

Un être de ce type peut avoir des habits de dragon, présent dès le Moyen-âge où l'on mit en forme des peurs communes. Ce dragon tutoie le Basilic, bête légendaire souvent représentée comme un gros reptile. Marliave écrit : « *il n'est pas une vallée pyrénéenne dans laquelle la présence de ces reptiles n'ait été rapportée* ».

D'abord cette idée de Jung : « *Le mythe universel du héros se réfère toujours à un homme très puissant, ou à un homme-dieu, qui triomphe du mal incarné par des dragons, des serpents, des monstres, des démons et libère son peuple de la destruction et de la mort* ». Voici d'abord trois dérives légendaires chez nous : Le chevalier Teodosio de

Il habite dans la caverne Ertzagania (Ahuski), le supposé gouffre d'Aralar, Murugain (Mondragón), Peña de Orduña...

Goñi contribue à tuer le dragon à Saint-Michel d'Aralar en Navarre. Le chevalier de Zaro (à Altzai en Soule) fera aspirer de la poudre enflammée à un dragon qui, sous l'effet de la douleur, se jeta dans l'Aphura puis dans l'océan. « *Le comte mourut de peur. Herensugue ne reparut plus jamais* ». Et Gaston de Belzunce combattit un dragon à trois têtes. Ce dernier logeait dans une grotte, à Saint Pierre d'Irube. Lors du combat ils tombèrent dans la Nive et y moururent.

Dans un récit d'Ainhoa, où *Erensugea* a sept têtes, la fille d'un roi fut sauvée par un simple pasteur dont le chien s'appelait César (Zesar). En

Parfois on le voit aller en mer, vers Biarritz.

revanche dans un autre récit recueilli à Tardets, il n'est question que de l'une des terribles bêtes dont *Herensügia* qui mangeait tout le bétail de Basabürüa, puis allait se désaltérer dans l'Aphura, à Altzai. Alors, révoltés, « *un jour les hommes s'entendirent avec le seigneur de Zaro ; ils dépecèrent un veau, cousirent sa peau, la remplirent de poudre et la mirent à l'entrée de la grotte (dans la région d' Ahüzki). Le dragon crut que c'était un veau, il en fit une bouchée. La poudre fit son effet : fou de douleur il s'enfuit, arrachant tous les rochers de Sobe, puis il sauta dans la mer et se noya* ».

L'aspect cosmique de ces événements est moins courant. À Sare, Barandiaran recueillit plusieurs récits dont le suivant : « *Quand j'avais 16 ans, on racontait qu'un lundi matin de septembre, juste avant l'aube, du côté du sud, un volatile semblable à l'arc-en-ciel traversa les airs, du sud vers la mer, en faisant « bon-bon-bon », comme le tonnerre. Ceux qui l'entendirent prirent peur et s'enfuirent, dit-on, chacun de leur côté. Ils prétendirent que c'était* Herensuge ». Parfois on le voit aller en mer, vers Biarritz (« Erraten zuen Miarritzeko alderat gan zela »).

Voici l'une des grandes versions navarraises « *On dit que l'église San Miguel est bâtie sur un gouffre. Dans le temps y vivait* Iraunsugue *(= dragon). La faim le tenaillant, il descendait dans les villages des alentours, provoquant d'innombrables morts parmi les chrétiens* (kristauen arten)*. C'est ainsi que les villages du coin décidèrent de livrer chaque jour un chrétien* (kristau bat) *au dragon ; ils le tirèrent au sort. Ça tomba une fois sur une jeune fille qui alla se placer à l'entrée de la grotte.*

À ces époques le chevalier de Goñi (Goñiko zaldune) *parcourait les montagnes, faisant pénitence jusqu'à ce que les chaussures de fer* (burnizko onetakoak)*, ainsi qu'une grosse chaîne en fer, pendant à sa ceinture, se rompissent. Le diable* (inparnuko deabrue) *lui apparut sous la forme d'un noble chevalier qui lui dit que pour rompre ses entraves et se débarrasser de la chaîne, il devait les frotter contre son propre cul* (iurtzi)*. Il suivit ce conseil, les entraves se rompirent mais pas la chaîne. C'est alors qu'il ne fut plus possible au pauvre chevalier, désormais aux pieds nus, de se déplacer comme avant.*

Un jour il passa près du gouffre du dragon et il vit la jeune fille. Il lui demanda : « que fais-tu là ? » La jeune fille lui raconta tout ce qui se passait. Alors le chevalier prit sa place et la renvoya chez elle. Il pistait le dragon.

Ce dernier sortit de la caverne et mordit la chaîne puis l'avalant, il attira à lui le chevalier de Goñi. En ce moment le chevalier cria vers saint Michel : « Saint-Michel aide-moi ». On dit alors qu'une voix se fit entendre du ciel : « Saint-Michel on t'appelle

Il aime les crevasses profondes et sombres...

dans le monde » ; « Seigneur je n'irai pas sans toi », répondit l'archange et il descendit au mont Aralar en portant Dieu sur sa tête. À l'aide de son épée tranchante, il coupa le cou du dragon et en même temps la chaîne du chevalier ».

Les êtres de type *Suge*, *Sugoi*, etc. sont différents du précédent, même si les conteurs basques traditionnels font habiter tous ces reptiles dans leur sac à histoire. Parmi eux, il y a *Sugaar*, l'époux de Mari, il s'accouple avec elle les vendredis. On a vu avec de Goñi comment du mythe on passe à la légende. À l'entrée du XIVe siècle, le conte portugais don Pedro Barcellos, parle de *Sugaar* en le citant nommément ; il le qualifie de mage ou d'enchanteur de la Biscaye. Puis en 1454, l'écrivain Lope Garcia de Salazar dira qu'en Biscaye, il y a un diable appelé couleuvre ; c'est le seigneur de la maison de Biscaye. De son union, en songe, avec une princesse (fille légitime du roi d'Écosse) qui vivait à Mundaka, naquit Jaun Zuria, le premier seigneur de la province.

...les grottes où il conduit ses victimes.

LES TEMPS DES GÉANTS

Gentil/Jentil

Les *Jentil* comme les *Basa jaun, Tartaro,* Roldan, Sanson, Mairu, Mairi... appartiennent à la famille de ces géants dont des récits attestent qu'ils ne sont plus, du fait du christianisme. Parfois on dit qu'ils furent carriers, mineurs ; dotés d'une force herculéenne, ils déplaçaient des grosses pierres (souvent rondes et leur servant de pelote ; elles sont curieusement liées à des ermitages) ; ils

Ces géants font figure de témoins d'une culture familière des bergers.

en auraient lancé d'autres qui se seraient fichées en pleine montagne. On leur attribue des édifices bizarres ou dont la réalisation dépassait nos faibles moyens ; certains auraient été montés sans l'aide d'échafaudage (églises, ermitages ou *kaperak* et *etxe*). On leur attribue des mégalithes, des *gaztelu* et autres *jauregi*. Erkoreka conte l'histoire d'une vieille *casa torre* de son village « *construite par un seul Jentil qui a apporté les énormes pierres à dos d'homme* » ; ses témoins lui indiquent le nom du Jentil et le coin de montagne d'où il venait.

Jentil est là un terme à peine basquisé (chez nos voisins le latin gentilles donnera gens et gente). *Gentil*, *Basajaun* et autres créatures ont conservé parfois un nom local, serait-il lié à leur origine ?

Ces géants, hommes et femmes, font figure de témoins d'une culture familière des éleveurs et des habitants de la montagne. Dans leur fourbi on trouve des peignes en or, une couverture précieuse… toutes sortes de merveilles faites pour nous capter. Ils vivaient comme nous et parmi nous, mais logeaient à l'écart, dans des grottes, souvent en hauteur. Leur race aurait été bien meilleure que la nôtre. Dans des récits, ils ne parlaient guère, mais on leur prête ce thème curieux : à l'occasion, en voyant bouillir le lait qui s'échappait, ils s'exclamaient : « *txuriya badijoala* »… expression que l'on retrouve mais en gascon, dans la bouche d'une fée capturée en Hautes-Pyrénées. Et ce n'est pas la seule coïncidence : allez savoir !!!

Dans le mont Leizadi d'Ataun sont deux cavernes, à faible distance l'une de l'autre, elles servirent d'habita-

Ils vivaient dans des grottes, souvent en hauteur.

tion aux *Gentils*. À un moment donné, l'un d'entre eux lança une hache depuis l'ouverture vers le précipice de Txuitxuita qui est à plusieurs kilomètres. Il réussit à planter l'outil dans le tronc d'un châtaignier qui venait d'être élagué. Le *Gentil* l'avait pris pour un chrétien en manche de chemise

Les *Gentils* ne supportent pas la lumière du soleil qu'annonce le chant du coq. Mais ce soleil est assurément celui d'*Eguberri*, le soleil chrétien vainqueur de nos peurs, des ténèbres, et annonciateur des temps nouveaux. Parmi ces vieux Basques il y eut des sortes de devins.

Les *Jentil* sont parfois des êtres « de type Gargantua ». Erkoreka recueille ceci à Bermeo : « *un* Gentil *mit un pied sur le mont Sollube, l'autre sur le mont Jata et but l'eau du port de Bermeo en avalant une chaloupe* ».

...et ont jeté de gros rochers dans des endroits lointains.

Un *Jentil* lança une hache et réussit à le planter dans le tronc d'un châtaignier.

Dans les Pyrénées, la fin des Jentils est liée à un événement cosmique, la venue de la neige, laquelle est liée à l'arrivée du christianisme. C'est le cas de plusieurs récits conservés (en gascon) jusque dans les Hautes-Pyrénées. Voici l'un des récits, il se déroule dans la montagne navarro-guipuzcoane. Il est bien possible que le narrateur brode quelque-peu sur le récit évangélique. « *On dit qu'alors que les gentils vivaient dans une grotte du Leizai, apparut dans le ciel une étoile d'une singulière beauté. À sa vue les gentils prirent peur et se mirent en quête de savoir ce qui pouvait se produire dans le monde. À un moment donné ils sortirent des profondeurs de la caverne un vieillard à moitié aveugle. Ils lui ouvrirent les pau-*

Il apparut dans le ciel une étoile d'une singulière beauté...

pières avec une longue pelle de four et le mirent face au ciel, pensant que lui saurait ce que l'étoile signifiait. Lorsqu'il la vit il s'exclama : "Ah, mes enfants ! il est né le Kixmi*, nous sommes perdus maintenant. Jetez-moi dans ce précipice"* »

Satrustegui rapporte que : « *les gentils appelaient Jésus-Christ Kixmi, ils disaient que* Kixmi *signifiait singe (en fait les vieux labourdins appelaient ainsi une personne très laide). Comme je le disais, c'est en le précipitant du haut des rochers que mourut le vieux gentil. Puis, lorsque le christianisme commença à se diffuser, les gentils s'éparpillèrent dans le monde et s'y perdirent* ». Dans un autre récit : « *Kristo txar hura jaiokoyuen* », le mauvais Christ est né. En Bigorre, voyant la neige pour la première fois, le géant Mulat Barbe s'écrie de la même façon : « *Christian dat arrenhe* ».

Dans d'autres récits il est question d'un *Tartaro* « *qui n'aimait rien d'autre que la chair de chrétien ; il en sentait très loin l'odeur et chassait toujours les chrétiens qui s'aventuraient dans son voisinage* ». Il est même question d'un Tartaro « *qui arrive et qui flaire à gauche et à droite : il y a ici une odeur de chrétien dit-il d'un ton terrible* ».

Plusieurs disent qu'Olentzero, le mythique charbonnier lié aux rites solaires comme au monde de la mort (à ce que dit Baroja), a pu être ce messager qui nous annonça la naissance du Christ.

...il est né le *Kixmi*, nous sommes perdus !

« *Gure denbora joan duk* », notre temps est fini.

Ces mythes contiennent les traces d'une christianisation luttant contre une religion indigène organisée. Un récit biscayen mâtiné du cliché bien connu concernant le transport nocturne des matériaux, dit ceci : « *Les gentil avaient leur église à Gernika, puis les gentil et les chrétiens commencèrent à se faire la guerre et les chrétiens firent leur église à l'endroit où les Gentil avaient la leur. Ce qui est le cas actuel de Santa Lucia de Garay. Les gentil avaient le cimetière à Santa Lucia. Puis un aigle prit ici, dans les serres, un crâne de Gentil et le laissa tomber à Ziortza. Par la suite les gens voulurent faire leur église à Gontzegarai pensant que ça convenait mieux qu'à Ziortza. Mais ils dirent que les œuvres faites de jour, quelqu'un les transportait de nuit à Ziortza. Un gardien se posta de nuit afin de voir qui transportait ainsi les matériaux mais ce gardien fut aveuglé et ne vit rien des manœuvres. Par la suite, abandonnant Gontzegarai, ils décidèrent de faire l'église à Ziortza* ». Les armes de Ziortza illustrent ce thème. Dans d'autres récits les *Gentil* furent convertis ; « *j'ai entendu dire plus d'une fois que l'église d'Oyartzun fut construite par les gentil. La pierre provient du Jaizkibel et tout fut porté par voie maritime, en partant de Pasajes et de Renteria jusqu'au quartier Altziber ; de là, à l'aide d'animaux, vers l'endroit où se trouve l'église* ».

Les *gentils* s'éparpillèrent dans le monde et s'y perdirent...

Mais le devin qui a pressenti *Kixmi* peut dire tout autre chose. Dans un récit il dit : « *gure denbora joan duk* », notre temps est fini, tout simplement. Mais dans un autre récit, on pointe une fin de race, la leur, celle des humains. Dans un récit navarrais on l'entend dire : « *akabau da jende umanua, da heldu da perrua* ». Les chiens arrivent...

Les *gentils* peuvent être des pasteurs transhumants aux dires de Barandiaran ; il a entendu dire qu'on les voyait s'amuser au col Argaintxabaleta, Rien d'étonnant à ce que leur mort s'inscrive dans le contexte du mégalithisme, encore que parfois le devin et les siens disparaissent dans une caverne. Ainsi dans l'un des récits rapportés par Azkue, il est dit que le corps de l'aveugle (l'aveugle est typiquement la figure du sage) fut transporté au mont Arrastàn et enfoui dans un dolmen : « *Arrastanen dago jentilarria itsuaren obi-gainekoa* ». Satrustegui a vu que l'on appelle des mégalithes *jentilarri* (dolmen) et *jentilbaratze* (sorte de cromlech). Les *gentil* sont également associés au tumulus et il entend dire « *qu'ils furent enterrés en montagne, leur tombe se signale par des accumulations de pierres. Il y a deux de ces sépultures dans l'Urbasa : Harripila txikia, "petit tas", et Harripila haundia ou "grand tas". Il y en a qui croient aussi qu'il y a des* gentils *enterrés sous le pavement de l'église paroissiale* ». Comme si ces derniers avaient été vaincus.

Nos gentils sont aussi d'une même famille de montagnards, antérieure à la venue du Christianisme. C'est ce que voit Ravier qui a publié une série

Écoute attentivement. Ce bruit…

de travaux effectués en Bigorre. Ces gens sont d'une époque révolue ; ils voient arriver la première neige et qui donc ne pourront plus vivre à demeure en altitude ; ils voient le signe cosmique annonciateur de la naissance du Christ, puis ils disparaissent (parfois de mort violente) en s'enfouissant dans des mégalithes… ; tous ces signes sont parfois interprétés par un vieux sage aveugle, qui vivait dans une grotte et dont on ouvre les yeux sans ménagement.

Ravier met ces témoignages en parallèle avec ceux recueillis par Azkue et Barandiaran. Il dresse des tableaux de correspondances entre eux. Les récits basques et gascons correspondent parfois terme à

…c'est la marche de la salamandre ?

…c'est le vol de la libellule ? La forêt témoigne des pérégrinations des *Jentil*.

terme. L'influence du colportage est plus que douteuse. Autrement dit, ces récits véritablement fondateurs dans notre civilisation pyrénéenne, ont été conservés lors de l'érosion de l'euskara. C'est dire s'ils devaient être importants pour ces communautés de montagnards. C'est ainsi qu'élargissant sa base de données, Ravier dit avoir repéré : « *dans la zone euskaro-aquitano-pyrénéenne l'existence et le retour insistant d'un certain nombre de thèmes caractéristiques et fondamentaux* » qu'il énumère. Il parle d'un ensemble « *remarquable par son originalité et sa continuité géographique* » ; évoquant la linguistique et l'histoire, il poursuit : « *les contrées pyrénéennes et sub-pyrénéennes, disons de l'atlantique au bassin supérieur de la Garonne, appartiennent à la même aire culturelle* ».

La relation à l'humain est étroite et se traduit dans la toponymie : *Jentiletxe, Jentilzubi, Jentilzulo, Jentilatzak...*

Crédules, ils se font berner par la malice des hommes. Voici des récits mettant en scène la duperie (comme celle dont fut victime *Tartaro*).

L'action se passe ici à Muskia qui est une montagne d'Ataun (Guipuzcoa) où se trouvent des grottes que l'on dit être habitées par des êtres fabuleux, dont le *Basa jaun*. Un *Gentil* « *qui vivait dans la grotte de Muskia, s'empara d'un chrétien. Afin que ce dernier ne puisse s'échapper il lui passa au doigt une mystérieuse bague qui criait sans cesse "hemen nago, hemen nago" (je suis ici). Une fois le chrétien se cacha dans le tas de peaux de brebis. La voix de la bague devait sembler lointaine au Gentil. Aussi, pensant qu'elle venait de loin, il ouvrit la porte et sortit de la caverne. Le chrétien, secouant les peaux amoncelées sur lui, en profita pour s'enfuir. En un clin d'œil il fut loin. Mais le Gentil entendit la voix de la bague, il courut dans sa direction. Le chrétien douta fort de son salut. C'est alors qu'il lui vint à l'idée de se couper le doigt avec une pierre et de le lancer avec la bague, dans la rivière de Mikolalde. Ce qu'il fit. Lorsque le Gentil s'approcha de Mikolalde, il entendit la voix qui venait du lac et, croyant que le chrétien s'y trouvait, il s'y jeta et il s'y noya* ».

- Dans la montagne de Guipuzcoa, à « *Jentilbaratza [une hauteur d'Atаún où se trouvent les restes d'une fortification] vécut un Gentil extrêmement fort ; il tenait les autres Gentils sous sa coupe. Il passait son temps à Leizadi [une montagne proche, avec des grottes où l'on disait que vivaient les Gentils] et de là à Jentilbaratza. Un jour il se mit en tête d'aller voir où étaient les chrétiens et de s'assurer s'il trouverait quelqu'un capable de lutter avec lui.*

Il alla à Lazkano et rencontra en chemin un jeune de 14 ans. Il lui demanda s'il était un homme. L'enfant lui répondit qu'il n'était toujours pas un homme car il était trop jeune. Alors, quittant Lazcano en direction de Sempé [une etxe de Beasain], il rencontra un homme âgé et il lui demanda également s'il était un homme. Celui-ci répondit qu'il était avancé en âge ; mais il lui dit que dans la forge de Beasain il trouverait de véritables hommes. Le Gentil alla tout droit à cette forge, demandant s'il s'y trouvait des hommes. Un forgeron chrétien vint à lui. Le Gentil lui dit alors : "s'il y a un homme qui peut me plier les doigts (qui pense pouvoir le faire), qu'il vienne". Ce forgeron lui dit que oui. Attends un peu que moi je t'attrape avec deux doigts, lui dit-il. C'est alors qu'il saisit le Gentil par le nez avec des tenailles chauffées au feu ; il lui coupa le nez.

Ce Gentil rentra à Jentilbaratza, pleurant à chaudes larmes. Ses compagnons lui demandèrent : "qu'est-ce qu'ils t'ont fait ?" Il répondit que le chrétien use de procédés malhonnêtes. Depuis ce moment les gentils eurent peur des chrétiens ».

C'est le génie de la forêt originelle...

Basa jauna

Basa jaun ou *baso jaun*, ces deux termes conviennent : *basa* signifie « sauvage » et *baso* « bois ». Parfois ces génies ont reçu des noms locaux, comme *Anxo* en Garazi (voir Duny-Petre, Satrustegui...), ce qui est général dans les Pyrénées où *Basa Jaun* fut retrouvé par Sébillot : c'est *Bassa Jaon*, *« l'homme sauvage des Pyrénées qui habite les abîmes des montagnes et les forêts. Son corps est couvert de longs cheveux soyeux »*, il crie pour avertir les

pasteurs des tempêtes. On dit même que *Basa jaun* aurait une famille, dont une femme *Basa Andere*. Et puis on confond tout ce monde avec *Torto*, *Atarrabi/Alarabi*, etc. Satrustegui en dépeint le type sous les traits d'un « *monstre horrible de forme humaine, couvert de poils et pourvu de griffes longues et dures comme celles d'une bête sauvage. Il habite au plus profond des bois et se montre parfois dans les ouvertures obscures des grottes et des torrents* ». L'un des récits commence ainsi : « *à cette époque les seigneurs sauvages [notez le pluriel] conversaient avec les chrétiens* » ; les chrétiens (et donc les Basques) qui sont devenus leurs ennemis. Azkue a vu des chapelles construites près de leurs repères. Des prières étaient faites contre eux. En Soule on leur faisait des offrandes.

Les témoins s'accordent sur le fait que ce grand être (sa tête dépasse la cime des arbres) est extrêmement agile. Habitant des forêts, ou associé aux cavernes et aux torrents, il est essentiellement nocturne. Il hurle, il s'appuie sur un bâton, l'empreinte de son pied est de forme circulaire. Il est d'une force démesurée (comme les gentils et autres membres qui ne sont pas de notre humanité) et c'est un gros naïf ! Il fréquente les pasteurs et se fait berner par eux, pourtant, comme dans toutes les Pyrénées, ce genre de géant protège les troupeaux du fait de ses liens privilégiés avec les animaux. « *La nuit où passe ce seigneur, les brebis ne bougent pas de l'endroit où elles se trouvent, jusqu'à ce que sorte le soleil. Le berger peut se reposer tranquillement les loups n'attaqueront pas les animaux. Il fera un bruit de chaînes ou de sonnailles à son passage* », écrit Chaho, qui l'appelle le « *seigneur sauvage* ».

Basa jaun recouvre au moins :

1) le génie de la forêt originelle.

2) comme les gentils, ces gens ne sont pas chrétiens.

3) Basa jauna nous incite à quitter le mythe pour nous rendre au conte, au merveilleux, au symbole ; en chemin on trouvera par exemple les récits sur l'ours, la force et la bestialité (l'homme sauvage), le rapt du féminin et sa fécondation, le sexe... l'ours qui nous conduit aussi au rite calendaire (Carnaval), etc.

Voici deux récits assez typiques :

« *Un berger d'Etcheverry de Saint Michel, ayant enfermé son troupeau dans la borde [un établissement de mi-montagne], descendait de la montagne à la nuit tombante. Il cheminait depuis quelque temps quand il aperçut qu'il avait oublié l'écuelle au lait. Il revint donc sur ses pas, ouvrit la porte de la borde, recula d'effroi en apercevant un* Basa Jaun *au milieu du troupeau. Mais le* Basa Jaun *le rassura : "dis-moi trois vérités à ton choix et je te laisserai partir sans te faire de mal".*

Le berger, retrouvant sa présence d'esprit et désirant le contenter, commença ainsi :

- Oh ! la belle nuit ! dit-on, pour une nuit où la lune éclaire ; il fait aussi clair que le jour. Cependant, monsieur, il fait toujours, à mon avis, un peu plus clair pendant le jour.

- Cela est vrai – répondit le Basa Jaun.

Le berger continua :

- Quelle bonne méture ! dit-on encore ; elle est aussi bonne que le pain. Le pain monsieur, est cependant meilleur que la méture.

- C'est encore vrai – dit le Basa Jaun.

Un peu embarrassé pour trouver la troisième vérité, le berger finit par dire :

- Monsieur, si j'avais pensé que je vous trouverais dans la borde, je me serais bien gardé d'y revenir.

- Je le crois, répondit le Basa Jaun *et j'accepte cela pour troisième vérité. Prends donc ton écuelle et t'en retourne à la maison. »*

Le deuxième récit est bien connu en Garazi, on y rencontre un *Basajaun* et sa femme-sauvage, *Basandere*. À ce propos, cette dame a bien des traits de Mari et Arrinda se demande si ce n'est pas elle que les conteurs ont introduite ici. Voici la version retenue par Satrustegui, lequel connaît bien ces montagnes.

« Dans l'église de Salbatore (Saint-Sauveur) il y avait un vieux chandelier en or offert par quelque grand seigneur. Basandere s'en était entiché, elle le voulait pour éclairer son antre. Un jour, afin de plaire à sa femme, Basajaun le déroba.

Cet habitant de la forêt a son corps couvert de longs cheveux…

Un jeune berger, intrépide, se mit en tête de nouer des liens d'amitié avec le Basajaun. Chaque fois qu'il se montrait en montagne, il allait le saluer et, de temps en temps il lui offrait quelque fromage. Basajaun répondit à ces preuves d'amitié et accepta les cadeaux. Plus tard, il commença à gambader parmi les brebis et il eut quelque prédilection pour celles de couleur noire. Alors, le berger lui offrit un agneau noir et Basandere prépara, pour les trois, un savoureux banquet qu'ils célébrèrent à la lueur du brillant candélabre. Le festin achevé, le couple s'endormit, assoupi par le vin ; le jeune berger mit à profit cet instant pour s'enfuir avec le candélabre. Son propriétaire ne tarda pas à s'en apercevoir et il s'élança aux trousses du vaillant berger pour le récupérer. Au point d'être rejoint, près de l'église de Salbatore, le jeune homme s'écria : "Salbatore ! Vois ce que je te porte. Viens à mon secours". La cloche de l'église se mit alors à sonner, le Basajaun, comme paralysé ne put le pourchasser et il s'écria : "Hobe duk joale zar horrek jo duen ! ", "Bien t'en a pris que cette vieille cloche se mette à sonner".

C'est ainsi que le candélabre brille à nouveau dans l'église de Salbatore ».

...et est sauvage et primitif.

San Martin txiki

Dans de nombreux récits recueillis du Pays Basque des sept provinces aux Pyrénées centrales, il est question d'une lignée d'hommes qui pratiquaient l'agriculture en montagne, alors que le piémont ne le pouvait, faute de semences. On sait par ailleurs que le blé (le sarazin) était cultivé, jusqu'à la dernière guerre, depuis ces hautes montagnes jusqu'au Labourd (ainsi à Xareta). D'où provient cette culture, qui bouleversera les modes de vie ? C'est ce que le mythe explique via *san Martin ttiki*, le petit saint Martin, (saint Martin fut le premier évangélisateur des Gaules).

Barandiaran dit que *Basa jauna* fut « le *premier agriculteur auprès de qui les hommes purent apprendre la culture des céréales, le premier forgeron et meunier à qui l'homme vola le secret de fabrication de la scie, de la roue de moulin et de la soudure des métaux* ». Dans tous ces récits le scénario est toujours le même, des *Basa jaun* ou des *Gentil* se font duper.

Un seul récit suffira :

« *On dit qu'il fut un temps où les* Basa jaun *vécurent dans la grotte de Muskia. Ils cultivaient les terres supérieures des montagnes environnantes. Ils moissonnaient de grandes quantités de blé. Les chrétiens vivaient en bas, et ne semaient rien, faute de semence.*

Un jour San Martinico, ayant chaussé d'amples bottes, monta à la grotte de Muskia. Il y vit des tas de blé et fit un pari avec les Basa jaun *: à voir qui les traverserait d'un saut le plus aérien possible.*

San Martin Txiki vole le grain
pour les hommes.

Les Basa jaun les franchirent en effet, avec une grande facilité, mais San Martinico tomba au beau milieu d'un tas et ses bottes se remplirent de grains de blé. Puis, quittant les lieux, il rentra chez lui, lorsqu'un Basa jaun s'aperçut qu'il emportait des semences dans ses bottes. Attrapant une petite hache, il la lança vers lui mais il ne put l'atteindre. Elle se ficha à la base du tronc d'un châtaignier d'Olasagasti.

Les chrétiens ne savaient toujours pas à quelle époque semer le blé ; mais quelqu'un entendit une fois un Basa jaun qui riait à

Il fut saint patron de la confrérie des forgerons.

gorge déployée, en disant : "Ja jaaai ! S'ils le savaient ils le retiendraient : lorsque la feuille sort on sème le maïs ; lorsque la feuille tombe on sème le blé et pour la saint Laurent on sème le navet". Dès lors la culture du blé se répandit dans tous les pays ».

San Martin agit de même dans le cadre de l'invention de la scie, de la soudure (il fut saint patron de la confrérie des forgerons). Le secret concernant la nature de l'axe des roues de moulin.

IZENA DUEN GUZIA...

La préhistoire la plus lointaine aurait vu la montée en puissance des Dames ainsi qu'un cortège d'entités exprimant des forces de la Nature (la *Dame*, des *Lamiña*…). Ce socle féminin et fécond serait celui d'une mythologie imprégnée des grottes, de leurs génies, de leur cortège de formes animales.

Alors que la grotte reste secrète dans son obscurité, l'intérêt se portait sur la lumière diurne (*Egua*) qui permet de connaître le monde et d'y déployer son activité (le matin « il fait jour » avant que ne paraisse le soleil). Par la suite *Egua* aurait été englobé dans le couple *Ortz-Hil*.

Les grottes gardent des secrets dans leur obscurité.

Le soleil de la journée accentuait l'obscurité constitutive des ténèbres de la terre. Mais il créait également l'ombre qui manifestait la présence du corps (il y a des rites liés à l'ombre).

L'homme de ces époques vivait dans un pays de forêts dense. Le mythe en a fait le *Basa jauna* auquel s'affrontent les défricheurs.

Vers l'Énéolithique/Bronze, avec la venue des indo-européens, notre attention fut attirée par leur divinité céleste, avec ses manifestations cont la hache (haches votives, céraunies ou pierres de foudres – la foudre étant véhiculée par une pierre ou une hache

La nuit attire les ténèbres et les ombres sur la terre.

lancée depuis le ciel : *tximistarri, suarri, oxme-arri*, etc.). Des mégalithes mirent les cultes solaires en relation avec ceux des ancêtres. Cette divinité devait être une sorte de « grand Manitou » doublé de l'image d'un vieux barbu, mâle, guerrier, dominateur, dédaignant le vieux monde féminin. Il influencera lourdement l'image chrétienne naissante en favorisant celle du Christ Pantocrator, laquelle dérivera en image d'Epinal…

Avec la venue de Rome, tout un bric-à-brac de dieux et de génies, liés à des cultes locaux, souvent venus du proche Orient, vint cohabiter vaille que vaille avec d'anciens panthéons, les assimilant parfois (des *Lamiña* et les Nymphes).

Vers les IV-Ve siècles les Jentils vécurent un affrontement décisif avec le christianisme. Leurs deux entités majeures (*Egu & Ortz*) par lesquelles ils désignaient le ciel ainsi que ses divers génies, durent céder devant leur *Zeru*.

Le rituel chrétien, écartelé entre le sacrificiel et la divinisation de l'homme, ne pouvait ignorer ces vieilles concep-

L'homme de ces époques vivait dans un pays de forêts dense.

tions. Il affronta nos peurs et nos miasmes, nos *Tartaro*, nos *Sugaar* et autres… mais aussi la Dame. Les sanctuaires de montagne en portent la trace (avec les processions, les conjurations, les messes *harri-kontra*) sans parler de tous ceux dont les récits dirent qu'ils furent exterminés (*Jentil, Basa jaun, Lamiña, Herensuge*…) ou rejetés dans le camp des diables et des sorciers.

De ces êtres mythiques, Aymeric Picaud n'en souffle mot au XIIe siècle. En bon moine, le poitevin témoigne du fait que les Basques avaient un dieu qu'ils appelaient *Urcia* (*Deum vocant Urcia*), ignorant qu'il avait pris forme au sein d'une bien vieille matrice (R. Jimeno). Cette image est bien trop simple.

Estornes Lasa souligne que l'on utilise le même nom pour désigner la Vierge ET la Dame Mari, soit Andre Mari. Je me souviens de cet ami *bas-navarrais* insistant sur la manière de désigner la Vierge : « *Andere-cena-Maria* » me disait-il, « la Dame qui est Marie ».

Laissons de côté toutes ces théories plus cérébrales qu'intellectuelles. Elles voient parfois dans ces récits des épreuves initiatiques, des formes de chamanisme, des percées psychologiques, des formes de morales, engluées (hélas !) dans des lectures pénibles.

Je vais prendre le merveilleux recueil de Mayi Ariztia, de la maison Lehetxipia à Sare. Encouragée par Aita Donostia, la saratar a recopié des récits donnés par des gens du coin, dont ceux d'un fameux conteur, le saratar Josepe Amorena.

Voici quatre situations où le mythe peine à être contenu. Je donnerai parfois ses paroles ainsi que leur transcription.

1- *Mutil baten istorioa* : on y voit Mari qui est confondue avec la Vierge Marie sous forme d'une sorte de fée (mais il n'y a jamais de fée, ni de baguette magique,

Non, rien n'est simple car tout est nécessairement simplifié et dévalorisé.

dans les contes basques) ; elle apparait au héros sous les traits d'une vieille femme (*Atera zitzaion atso zahar bat*) ; elle lui donne une branche d'aubépine blanche (*eman zion elorri xuri adar bat*). Le héros surmontera des épreuves (*Ama Brjinak emanikakoari esker*)…

Il est clair que cette branche représente l'heureuse occasion offerte par le destin qui surgit sous forme de vieille devenue Vierge Marie.

Revenons à la vieille qui prédit le destin ; elle guide le héros vers la grotte qui était sous une pierre plate (*eta mutikoa gidatzen du harri xabal azpian zagon lezerat*) ; là, la vieille a une chapelle (*atso xaharraren kapera*)…

Le lecteur rencontrera d'autres récits de ce genre. Dans l'un d'eux on voit toujours cette vieille mais liée à la grotte : *atsoak atera zuen berehala*

lezetik. Dans un autre, la vieille femme apparut dans le jardin et donna à la sœur du héros un peigne et un miroir (*Arrebari eman zion, atso xahar horrek, orraze eta mirail bat*) ainsi qu'une branche d'aubépine blanche, etc.

2- *Fede ukatu baten istorioa* mélange de merveilleux, le mythe combine *Erein sugea* et la science du prêtre. Le prêtre conduisit le héros vers une pierre plate recouvrant l'antre de *Herensuge* (*... apeza han zen, harri xabal haren gainean. Erein sugea atera zitzaion mutilari, harri xabalaren azpitik eta lotu zitzaion gorputz guzian*) ; le prêtre libéra le héros du serpent enroulé autour de lui mais il mourut (*aphezak sugea gorputzetik bereixi zion. Mutila hil izan zen eta enterratu zuen*). Il fut cependant sauvé pour avoir fait pénitence, c'est-à-dire pour avoir suivi le prêtre qui le conduisit à *Herensuge*...

3- *Mutil gaizo baten eta Birjina Maria neskatxaren istorioa* : le maître de maison, qui est le diable (*hura zen Debrua*), avait trois filles dont une qui s'appelle Vierge Marie (*nausi horrek bazituen hiru alaba. Batek izena zuen Birjina Maria*). Cette Vierge Marie prédit l'avenir, permet aux héros de vaincre les épreuves surhumaines que le diable lui inflige. Suite à de nombreuses péripéties teintées de pratiques religieuses, Vierge Marie et le héros vécurent ensemble : *hartu zuten bizitze ttiki bat ; bizi izan ziren unione on batean*. Et bien entendu, le conte s'achève par : *Hala ez bada, hala gerta dadila* !

"La vieille guide le héros vers la grotte qui était sous une pierre plate..."

Les ténèbres qui se déploient mais qui restent hors de notre portée, ou qui surgissent et nous effrayent..

Herensugea atera zitzaion mutilari harri xabalaren azpitik, eta lotu zitzaion gorputz guzian...

4- *Hiru anai arreben istorioa* : c'est une histoire remarquable où l'une des trois filles rencontra en chemin, une jolie vieille avec son enfant, et c'était la Sainte Vierge (*atxeman zuen bidean atso pullit bat, bere haurrarekin ; eta hura zen Ama Birjina*). Encore la Dame Mari qui se cache sous ces traits ! D'autant plus que cette vieille rencontra un autre enfant de la même famille et lui indiqua une route toute blanche au bout de laquelle il y avait une porte bleue : là se trouvait la solution de son problème. En récompense le héros reçut des mains de Dieu, « des automobiles, des voitures, des gâteaux, des pelotes » (*eman ziozkan otomobilak, karrosak, bixkotxak, pilotak*).

Dans *Hartz-kumeren istorioa*, le héros, qui est un fils d'ours, entre dans une grotte. Il y rencontre une vieille femme qui lui dit que dans ces parages on n'a pas rencontré de chrétiens depuis des années (*atsoak errepusta, katolikorik eztela sartu han horrenbertze urte hartan*). Puis il trouva une chambre où deux filles de roi étaient retenues captives par le diable (*han zirela preso, debruak eremanak*) etc. On est dans le cycle de Mari, en passant par celui du *Basa Jaun*.

Dans *Errege baten istorioa*, apparait encore une vieille femme mais cette fois-ci elle donne à l'un des acteurs, un peigne et un miroir (*orraze bat eta mirail bat*) ; des attributs familiers de Mari, des *Lamiña*, etc. lesquels furent en Europe, la marque des prostituées...

Le provebe basque dit : « *Izena duen guzia omen da* »

Il suffit de nommer une chose pour qu'elle existe... Délicat dicton : est-ce que le monde n'est que matière à être nommée ? Qu'est-ce qui nous pousse

Il suffit de nommer une chose pour qu'elle existe...

à nommer ? Comment le faire et dans quel but ? Avec qui partager ces dénominations ?

Ce qui semble assuré dans ce monde de l'identification, ce sont des bases d'une mythologie où l'on voit :

-La désoccupation de l'espace culminant dans le *baratze d'Oteiza* (car un monument est forcément plus que ce qu'il montre ; une église n'est pas qu'un simple assemblage de pierres, etc.). Soulignons également que ce *baratze* est proposition à la fois identitaire et esthétique, l'une et l'autre sont liées.

-Les ténèbres qui se déploient mais qui restent hors de notre portée, ou qui surgissent et nous effrayent.

...est-ce que le monde n'est que matière à être nommée ?

-*Ezaren bila*, la quête de ce qui n'est ni dans nos sens ni dans nos penchants, hors de l'éclat des évidences et de l'obscurité des désirs.

Nulle part ce mode ne montre de mode d'emploi et Goethe de dire qu'il n'a ni noyau ni enveloppe. Personne n'a posé de sens obligatoire le long des chemins qui nous ont conduits là où nous sommes. Et après avoir célébré, sa vie durant, son amour pour le Pays Basque, Oteiza nous prévient[2] : « *le peuple qui n'est pas capable de poésie actuelle, de sculpture actuelle ni de théâtre actuel, n'a pas le droit d'exhiber en public un héritage qu'il n'est pas capable de prolonger (et qu'il ne peut comprendre)* » (Quousque tandem).

2. Oteiza, G (1970) *Quosque tandem* ... ! 2° édition, Txertoa, San Sebastían.

Les génies donnent-ils un sens au monde dans lequel nous vivons ?

En mode de conclusion

Le monde naturel, avec les dieux du polythéisme et les divinités de l'animisme.

Achevons ce parcours avec Jozemiel de Barandiaran. Comme beaucoup, le Basque a mis en forme son monde. Certains des phénomènes dégagés relèvent du mécanisme, du processus analysable, ils sont naturels (*berezkoak*), d'autres sont d'un arrière-plan qui échappe au déterminisme classique et sont hors de portée de l'homme (*aidetikakoak, adurrezkoak*), tel *jin beharra*, etc. Ces derniers sont d'un « monde non rationnel, qui semble se comporter indépendamment des mécanismes fondant le monde naturel [là on y rencontre] les dieux du polythéisme et les

La bête qui habite dans la
forêt et les ténèbres,
la peur irrationnelle.

L'idée de la mort et la mémoire du défunt toujours
très présente dans l'imaginaire basque.

divinités de l'animisme : *iratxoak ou ireluak*, les « génies » de la mythologie basque ». C'est ainsi que cette dernière nous ouvre les portes du sacré ; les diverses formes de religion nous en rendent complices et nous y font pénétrer plus avant, tout en se mêlant au point de s'y perdre. À la différence de l'évangile, le domaine clérical est bien chargé de ces opacités. Plusieurs auteurs ont montré comment « *en se christianisant, les Basques ne se sont pas isolés de leur trame religieuse ni de la mythologie première. Ils ont fondamentalement adapté les nouvelles croyances à l'essentiel des vieilles croyances et vice versa. Ceux qui les évangélisèrent permirent l'adoption de nombreux mythes et rites, en les incorporant au christianisme* » (Olaizola). L'exemple donné par « *Amattoren uzta* » est révélateur.

Au travers ce choix de récits, je me suis intéressé à deux grands problèmes qui furent très tôt au cœur de notre civilisation basque :

- Comment se représenter le monde où l'on vit ?

- Comment s'y comporter ?

Me viennent à l'esprit des aventuriers comme Teilhard de Chardin quand il écrivait : « *C'est une chose terrible d'être né* ». Il est vrai qu'il a croisé, chemin faisant, bien de jolies *Lamiña*, puis la Dame Mari lui signalant la porte bleue permettant de se rendre au gouffre qu'il était et que nous sommes ; des gouffres sans âge, nés avec le monde. Résolu, Teilhard suivit sa voie. Il échappa aux turpitudes de tous ces *Tartaro*, comme au souffle de *Herensuge*. Il ne cessa de fuir *Basa jauna* lancé à sa poursuite,

En se christianisant, les Basques ont fondamentalement adapté les nouvelles croyances à l'essentiel des vieilles croyances.

« *Ez gira gure baitan* » dit le paysan basque,
nous ne nous appartenons pas.... ».

et des mains duquel il avait accepté une redoutable bague. Alors, arrivé au gouffre, il nous dit avoir « *pris la lampe et, quittant la zone claire en apparence, de mes occupations et de mes relations journalières, je suis descendu au plus intime de moi-même, dans l'abîme profond d'où je sens confusément qu'émane mon pouvoir d'action. Or, à mesure que je m'éloignais des évidences conventionnelles dont est superficiellement illuminée la*

« Plonge-toi en la matière ! C'est elle qui te portera jusqu'à Dieu ! ».

vie sociale, je me suis rendu compte que je m'échappais à moi-même. À chaque marche descendue, un autre personnage se découvrait en moi, dont je ne pouvais plus dire le nom exact et qui ne m'obéissait plus. Et quand j'ai dû arrêter mon exploration, parce que le chemin manquait sous mes pas, il y avait à mes pieds un abîme sans fond d'où sortait, venant je ne sais d'où, le flot que j'ose bien appeler ma vie »... et que le mythe

« Nous ne croyons pas que chaque animal qui vient au monde crée ses propres instincts comme une acquisition individuelle et nous ne supposons pas davantage que les êtres humains inventent le comportement qui les caractérise en tant qu'espèce à leur naissance »
Carl Yung, psychiatre, psychologue et essayistein.

Les mythes disent notre aventure humaine
en nous signalant nos limites.

s'employa très tôt à habiter. Il nous exhorte : « *Baigne-toi dans la Matière, fils de l'Homme – Plonge-toi en elle, là où elle est la plus violente et la plus profonde ! Lutte dans son courant et bois son flot ! C'est elle qui a bercé jadis ton innocence ; – c'est elle qui te portera jusqu'à Dieu !* ».

Emporté et constitué dans et par le torrent du monde : « *Ez gira gure baitan* » dit le paysan basque, nous ne nous appartenons pas…